EXTRAIT

DE L'ELOGE

DE SOISSONS,

Par LOUISE-HELEINE DE BAZIN, *Fille des Barons de Bazin, Comtes de Fresne, Grands Baillifs de Soissons, successivement pendant plus d'un siecle, avec la Critique de l'Ouvrage, & la Réponse de l'Auteur.*

Dedié à Monseigneur DESMARETZ, Ministre d'Etat, & Contrôleur General des Finances.

A PARIS,

Chez LOUIS SEVESTRE, Imprimeur-Libraire, à l'entrée du Pont S. Michel, du côté du Marché-Neuf.

AVEC PERMISSION.

CRITIQUE.

QUI ne sçait au siecle où nous sommes ;
Qu'on se repent souvent d'avoir offert aux hommes,
Un encens pur & précieux,
Qui doit appartenir aux Dieux.

Qui ne sçait au siecle où nous sommes,
Qu'on ne doit pas mesler les Dieux avec les hommes,
Et que l'encens qu'on offre aux Dieux
Doit être pur & précieux.

RÉPONSE DE L'AUTEUR.

QUI ne sçait au siecle où nous sommes,
Que quand Bazin presente aux hommes
Un encens pur & précieux,
Ce n'est que par rapport aux Dieux.

Qui ne sçait au siecle où nous sommes,
Qu'on réussit plûtôt à plaire aux Dieux qu'aux hommes,
Et que l'encens n'est précieux
Qu'autant qu'il est au gré des Dieux.

Ha ! si les Dieux dans la personne,
Ne considerent que le cœur,
Qui du present fait la valeur,
Il faut que leur bonté pardonne
Le peu que j'offre à leur Grandeur ;
Et que l'encens que je leur donne
Leur soit d'une agréable odeur.

MONSEIGNEUR,

IL me semble que je ne puis mieux marquer à VÔTRE GRANDEUR, *ma profonde vénération, & ma parfaite reconnoissance, qu'en Luy presentant ce petit Ouvrage, puisque malgré les beautez de Soissons, & le merite des Soissonnois, je n'eusse point fait leur Eloge, si cette charmante Patrie n'eût été celle du plus digne, du plus sage, du plus grand Ministre, & du plus genereux Protecteur qui ait jamais été au monde,*

Ta reputation est telle,
Qu'on dira dans mil ans, comme on dit aujourd'huy,
Benite la Cité qui produisit celuy,
Dont la memoire est immortelle.

C'est, MONSEIGNEUR, *ce qui me donne lieu d'esperer que son Eloge sera agréable au Public : Mais que m'importe qu'il le soit, s'il est reçû favorablement de* VÔTRE GRANDEUR ; *Je fais ma gloire de me dire avec une respectueuse soûmission,*

MONSEIGNEUR,

Vôtre trés-humble, trés-obeïssante
& trés-obligée Servante,
L. H. DE BAZIN DE FRESNE.

ELOGE DE SOISSONS.

ON ne peut l'ignorer, SOISSONS fut autrefois
La Ville favorite, & le sejour des Rois;
De son antiquité, de son rang, de sa gloire,
On s'instruit pleinement en lisant nôtre Histoire:
Mais celebre Cité, je te vois, & je veux
De ton état present instruire nos Neveux:
Dans mon ravissement permets-moy de leur dire,
Que les ans ne t'ont point soûmis à leur Empire:
Tu conserves encor des merveilles de l'Art
Des sacrez monumens de pieté sans fard;
Ce Château contre qui les Legions Romaines
Ont fait plus d'une fois des entreprises vaines;
Ces remparts qu'on croiroit n'être pas achevés,
Bien qu'avant Pharamond ils fussent élevés.
J'admire tes Maisons, tes Jardins de délices
Où le bon goût paroît jusques dans leurs caprices;
Ton Horizon charmant, ta Riviere, tes Monts
Source de l'abondance & des belles moissons:
Ton Mail, ton Promenoir, ta riante Prairie
Où l'on respire un air qui redonne la vie:
Mais qu'on ne pense pas que tout cet agrément,
Soit la raison pour toy de mon attachement.
Dans cet heureux Climat commença sa carriere,
Cet Astre dont le cours nous est si salutaire.
SOISSONS c'est dans tes murs que nâquit DESMARETZ, Mr. DESMARETZ, Controlleur General des Finances.
Ce grand Ministre en qui je prens tant d'interêts,
Qui peut n'en prendre pas? me répondra la France.
Sans cet autre COLBERT qui regit la Finance,

Auroit-on pû parer les redoutables coups,
Les furieux efforts de cent Princes jaloux?
Si COLBERT a receu la sagesse en partage,
Celle de DESMARETZ brille bien davantage:
Dans un temps favorable on peut à moins de frais
Acquerir un renom qui ne perit jamais.
COLBERT ne trouva point la Finance épuisée,
L'abondance tarie, & la ressource usée,
Les esprits consternez, les ennemis vainqueurs,
L'illustre DESMARETZ a vû tous ces malheurs:
Pour préserver l'Estat d'un mal irreparable,
Il luy faut un secours prompt, mais inexprimable;
On ne peut le tirer que de son propre sein,
Nôtre Liberateur en forme le dessein,
Il sçait l'executer d'une telle maniere,
Qu'en offrant à Cesar un tribut necessaire,
On redouble pour luy son zele & son amour;
Témoins les Habitans de ce charmant sejour,
Qui chantent à l'envy d'un cœur sincere & tendre,
Qu'on ne nous parle plus du fameux Alexandre,
Le Prince le plus grand dans sa prosperité,
S'est souvent démenti dans son adversité;
Du nôtre, l'Univers sçait ce qu'on en doit croire,
Sa constance l'éleve au comble de la gloire,
La France va joüir d'un tranquille repos,
C'est le fruit de l'effort qu'elle a fait à propos
Du Ministre les soins pour le nerf de la guerre,
Nous font deja toucher au bien qu'on en espere;
La Paix va couronner ses utiles travaux:
L'on n'oublira jamais qu'il a gueri nos maux.
Le Ciel enfin propice à nôtre Prince Auguste:
Toûjours semblable à soy, toûjours bon, toûjours juste,
Bénira ses projets, remplira tous ses vœux,
En luy rassemblera tout ce qui rend heureux.
Dans moins de deux printemps Sa Majesté sçut prendre
Ce que toute l'Europe en vingt n'a pû reprendre.
Ceux qui se sont ligués pour changer nôtre sort,
Se sentiront long-temps de cet injuste effort:
Je veux qu'avant la fin de la prochaine automne,
Que doit s'évanoüir le regne de Belone,

Paris se voye encor le centre des plaisirs,
Et que les seuls Amants y poussent des soupirs.
L'amour pour se venger de la fureur des armes,
Forcera nos Heros de ceder à ses charmes,
Tous les cœurs de ce Dieu suivront les Etendars,
L'hymen reparera ce qu'a fait perdre Mars.
Malgré ce que l'on doit à nôtre Capitale,
Malgré ce que je sens pour ma terre natale,
Celle de DESMARETZ, je veux bien l'avoüer,
Est celle que mon cœur m'inspire de loüer ;
De mes Ayeux aussi, douce & chere Patrie,
Que ne puis-je en ton sein passer toute ma vie.
Un cœur franc, genereux, fidele, bienfaisant,
Un esprit éclairé, doux, vif, insinuant,
L'honneur, la bonne foy, l'aimable politesse,
Font de tes Citoyens preuve de la Noblesse
Qu'ils reçûrent des mains du Roy de l'Univers.
Si j'avois du talent pour réussir en vers,
Si j'égalois Corneille en ce noble exercice,
Par le desir que j'ay de leur rendre justice,
Je ferois de chacun de si riches portraits,
Qu'en peignant les Heros, on prendroit tous leurs traits ;
Et sans trop élever leur vertu, leur merite,
Je dirois que SOISSONS de la France est l'élite,
Qu'avec raison Japhet y voulut habiter,
Qu'à tout les lieux du monde il dût le préferer.

De nôtre Gouverneur le merite & la gloire — Mgr. le Duc D'ESTRE'ES, Gouverneur.
Seront les précieux ornemens de l'Histoire :
Son auguste Naissance, & son genereux Sang,
Nous sont autant connus que son illustre Rang ;
Sur un si grand sujet j'aurois peine à me taire,
Si j'en pouvois parler sans être temeraire.

Ce PRE'LAT dont l'aspect est si grave & si beau, — Mr BRULART, Evêque de Soissons.
Est le Pasteur cheri de ce digne Troupeau :
Il est grand sans orgüeil, il est bon sans foiblesse,
Magnifique sans faste, & simple sans bassesse,
Contraire au mercenaire, indigne de son rang,
Qui n'a pour ses brebis qu'un cœur indifferent ;
Il leur sçait préparer de bonnes nourritures,
Il leur fait discerner les routes les plus sûres,

Soit de prés, soit de loin, rien n'échape à ses yeux,
Toutes sentent l'effet de ses soins merveilleux;
A leurs plaintes il prête une oreille attentive,
Il rappelle l'errante, il suit la fugitive,
Sa houlette soûtient celle qu'il voit broncher,
Il ne les laisse pas en proye à l'Etranger,
Ce PRE'LAT des Pasteurs est le parfait modele,
Sous son Episcopat l'Eglise renouvelle;
Son merite n'a point l'éclat, le faux brillant,
De celuy qui nous trompe en nous éblouïssant
De celuy qui du vray n'a simplement que l'ombre,
On le peut justement distinguer du grand nombre,
De sa haute vertu, sa rare humilité,
Répond suffisamment de la solidité;
Sa belle ame est un Ciel qui paroît sans nuage,
Il ne m'est pas permis d'en dire davantage;
Cette vive Lumiere est sur le Chandelier,
Il n'appartient qu'à luy de pouvoir allier
La foy d'un Augustin, le zele d'un Jerôme,
La charité d'un Paul, l'esprit d'un Chrysostome.

Mrs. du Clergé.

Son auguste Clergé de l'Eglise l'honneur,
A sçû se conserver sa premiere splendeur,
N'a t-il pas aujourd'huy des langues éloquentes,
Des esprits éminens, & des plumes sçavantes?
N'a-t-il pas aujourd'huy de ces Hommes divins,
Que le Seigneur forma pour ses plus grands desseins?
De ces hommes remplis de Graces necessaires,
Pour d'Enfans de l'Eglise en devenir les Peres;
De ceux qui pour l'honneur de la Religion,
Veulent decrediter la superstition,
Saper les fondemens de cette hypocrisie,
Qui sert de voile au crime, & qui le multiplie,
Ainsi qu'en un parterre on rencontre des fleurs
Differentes en noms, en formes, en couleurs,
Dans ce champ que le Ciel arrose de ses graces,
Se montre la vertu sous differentes faces,
La Noblesse du sang jointe à celle du cœur,
A l'Etat, à l'Eglise, a toûjours fait honneur;
La commune vertu n'est pas vertu pour elle,
On la distingue en tout, & par tout elle excelle;

C'est

C'est ce qu'en D'HERICOURT * ce principe a produit ;
Renonce-t il au monde, il le hait, il le fuit,
De la terre il devient le sel & la lumiere,
Aux mondains il oppose une vie exemplaire ;
Et sans se contenter d'être un homme de bien,
Il veut être un Heros, mais un Heros Chrétien :
Ses celebres Ayeux se sont acquis la gloire,
D'avoir aux ennemis enlevé la victoire :
Dignes de leur naissance, & dignes de leur rang,
Pour leur chere Patrie ils ont versé leur sang,
Et luy l'illustre Chef d'une sainte milice,
Doit confondre l'enfer & triompher du vice ;
Cet Athlete divin ne se contente pas,
De l'inique sentier de détourner ses pas,
De marcher constamment dans la penible voye,
Qui seule nous conduit à la celeste joye :
Il y veut attirer les autres aprés luy,
Il ne peut être heureux, qu'ils ne le soient aussi ;
La gloire du Seigneur fortement l'interesse,
De Christ ainsi que Paul la charité le presse,
Il veille, il jeune, il prie, & s'efforce à toucher
Des cœurs qui sont encore plus durs que le rocher ;
Combien en sçavons-nous qu'il a rendu flexibles
Par ses soins, à la grace ils deviennent sensibles :
Tes travaux, luy dit-on, ta grande austerité
Abregeront tes jours, detruiront ta santé.
Mes Peres ont plus fait pour les Rois de la terre,
Répond-t-il, POUR MON DIEU que ne dois-je point faire:
C'est l'Auteur de mon Etre, & je veux à mon tour
Vivre pour le servir, mourir pour son amour ;
Son saint zéle n'est pas dépourvû de science,
Il ne neglige point la divine éloquence,
La lecture, l'étude, & plus que tout les pleurs
Qu'il verse abondamment sur l'état des Pécheurs :
Ces salutaires eaux, ces amoureuses larmes,
Par qui du bras du Dieu, il fait tomber les armes,
Qui nous ont attirés tant de faveurs des Cieux,
Le privent aujourd'huy de l'usage des yeux,
Dans le chemin du Ciel, celuy qui nous éclaire,
Perdra-t'il pour toûjours la terrestre lumiere ?

* Mr d'Hericourt Doyen de la Cathedrale.

B

Par celuy qui peut tout, & qui veut l'éprouver,
Comme autrefois Tobie, il la peut recouvrer.

* M. l'Abbé de S. Medard-les-Soissons.

Les plus subtils esprits, les plus sçavantes plumes,
Travailleroient envain à grossir des volumes,
Sans que du grand POMPONNE * ils pussent épuiser,
Tout le bien qu'on en dit, & qu'on en doit penser,
Sans pouvoir exprimer ce qu'il fit pour l'Eglise,
Ce qu'il fit pour l'Estat, ce qu'il fit à Venise,
Où ses traits de sagesse aux Sages ont appris
Que la leur doit ceder à celle de LOUIS.

* L'Abbaye de S. Jean des Vignes.

Si les Anges du Ciel habitoient sur la Terre,
Ils feroient ce que font dans ce saint Monastère *
Les illustres enfans du fameux Augustin.
Celebreroient-ils mieux le Service Divin ?
C'est le Champ du Seigneur, où chacun se rend digne
De paître ses brebis, de cultiver sa vigne.

* Mr. Cuiret, Prieur de S. Jean des Vignes.

Leur Chef * de qui les jours nous sont si précieux,
Est déja mis au rang des esprits bienheureux.

* Mr. l'Abbé de S. Jean des Vignes.

Icy de SASSENAGE * on admire, on publie
Le sçavoir, l'éloquence, & la vertu polie,
En luy le bel esprit répond au noble cœur,
Heureuses les brebis qui l'auront pour Pasteur.

* Mr. l'Abbé de S. Crespin le Grand.

BRUNET * doit estre mis au rang des saints Apôtres,
C'est peu qu'il soit sauvé s'il ne sauve les autres.
Du Benefice icy on voit le Possesseur
Suivre l'intention du sage Fondateur.

* Le R. P. Quinquet, Prédicateur du Roy.

Où reside QUINQUET * cet enfant de la Ville,
D'un naturel si beau, d'un esprit si fertile,
Ministre, Ambassadeur du Roy de tous les Rois,
Au Monarque des Lis il annonce ses Loix,
Il luy fait un crayon de sa Toute-puissance,
Il en exige foy, hommage, obéïssance;
Et le Prince docile à ses doctes raisons,
En exige à son tour de frequentes leçons;
Cet Aigle dans Paris vole de Chaire en Chaire,
On le cherche, on le suit, on l'aime, on le revere,
Et l'on dit hautement que ce saint Orateur
A trouvé le chemin qui conduit droit au cœur.
Qui ne sçait que le Ciel benignement regarde
La Maison des Quinquets, des Cuiret, des la Garde,

LA GARDE * par ce nom je prétens exprimer
Tout ce que dans un homme on a droit d'estimer ;
Par de si beaux endroits on me l'a fait connoître ;
Que je m'aperçois bien qu'il ressemble à son Maître :
Le desir empressé de loüer leur vertu
Fait voir dans mon Eloge un ordre interrompu.

Des Epouses de Christ, * j'exaltois la constance,
Je croyois leur état, un état de souffrance,
Quand une occasion que je n'esperois pas
Vers leur belle prison fit avancer mes pas,
De cent nobles beautez j'y vis la troupe aimable,
Benir les douces loix d'une Abbesse * adorable,
Qui foule aux pieds les biens dont on fait tant de cas,
Pour joüir d'un tresor que le monde n'a pas,
Là les plaisirs sont purs, & la paix permanente,
Sans livrer de combat, la grace est triomphante,
Que dis-je ? il faut celer leur trop heureux destin,
Où l'on verroit bien-tôt finir le genre humain.

Que vos cœurs, SOISSONNOIS, soient remplis d'allegresse,
Le Ciel en vôtre sort montre qu'il s'interesse,
Pour veiller sur les droits de la sage Themis :
Quel Intendant * vous vient ? eussiez vous mieux choisis ?
Un autre a-t'il jamais fait voir tant de prudence,
Tant d'esprit, tant de zele, & tant de prévoyance ;
Son grand cœur au-dessus des honneurs qu'on lui rend,
Refuse jusqu'à ceux que l'on doit à son rang ;
Il sçaura vous charmer par ses nobles manieres,
Il vous fera combler de faveurs singulieres,
Ainsi que le Ministre il s'est fait une loy,
D'unir les interests des peuples & du Roy.
Je vous l'annonçay tel avant son arrivée'
Ne repond-t'il pas bien à cette noble idée ?
Je le vois estimé, loüé, chery de tous,
Agissant pour le Prince, il travaille pour vous
C'est pour vôtre salut autant que pour sa gloire,
Qu'il prepare les fonds d'où dépend la victoire ;
Pour prévenir l'effort de nos fiers Ennemis,
L'on sçait sa vigilance & les soins qu'il a pris.
Faut-il que dans nos camps séjourne l'abandance ?
Faut-il à nos Guerriers fournir la subsistance ?

* Mr. de la Garde, premier Commis de Mgr. DESMARETZ.

* L'Abbaye de Nostre-Dame.

* Mde. de Fiesque.

* Mr. LAUGEOIS d'Imbercourt.

Il part, il court, il vole au milieu des hazards,
S'il estoit moins humain on le prendroit pour Mars:
Il brilloit au Conseil, pour vous on l'en retire;
Comme il excelle en tout, par tout on le desire.
N'allons-nous pas revoir comme on vit autrefois,
Couronnés de lauriers nos Guerriers Soissonnois?
Le genereux MURET * dont le bras est un foudre,
Ne reduira-t-il pas nos ennemis en poudre?
Quand la valeur n'avoit qu'à vaincre la valeur,
Ce Heros fut toûjours invincible ou vainqueur;
Sur l'impossible on sçait quelle est la loy commune,
On n'est point obligé de vaincre la fortune:
Philippe n'arma point pour combattre le vent,
Mais la fortune change, attendons un moment:
Déja cette union si forte & si serrée,
Qui juroit nôtre perte, est foible & relâchée;
Cette Reine qu'on vit conspirer contre nous,
Veut de ses Alliez arrester le courroux.
La Discorde déja se glisse en leur Armée,
D'une nouvelle ardeur la nôtre est animée.
Tout abonde en nos Camps, tout répond à nos vœux,
Le Lys va de deux Rois estre victorieux.
De BEZONS* dont le cœur dés l'âge le plus tendre
Se pouvoit comparer à celuy d'Alexandre.
JOFFREVILLE * Grand Maître en ce noble Métier,
Où l'on trouve à s'instruire aprés un siecle entier,
Reduisent aux abois l'implacable furie,
Qui devore le sein de la sage Hesperie.
GOESBRIANT * dont le nom répond aux grands exploits,
De qui la renommée a parlé tant de fois,
Qui n'attaque une Place, & qui ne capitule
Qu'à la façon permise aux Favoris d'Hercule.
Le brave PUISSEGUR * l'amour de nos soldats,
Celuy qu'on peut nommer l'ame de nos combats.
MAILLEBOIS * qui déja s'est acquis tant de gloire;
Qui marche sur les pas du Dieu de la Victoire:
CHASTEAUNEUF intrepide au plus fort du danger,
Sont dans le Champ de Mars tous prêts à nous venger;
Déja sur l'ennemi nous avons l'avantage,
De quoy n'est point capable un suprême courage:

* Mr. le Comte de Muret, Lieutenant General des Armées du Roy.

L'Aigle Germanique, & le Lion Belgique.

* Mr le Comte de Bezons, Mareschal de France.

* M. le Comte de Joffreville, Lieutenant General des Armées du Roy.

* M. le Comte de Goesbriant, Gendre de Monseigneur DESMARETZ.

* Mr. le Marquis de PuissegurLieutenant General des Armées du Roy.

* Mrs. les Fils de Monseigneur DESMARETZ.

Faut-il forcer la ligne & le retranchement,
Fendre les Escadrons du Superbe Allemand,
D'un orgueilleux vainqueur humilier l'audace,
VILLARS * du grand Condé tient aujourd'huy la place;
Il a déja repris, suivons-le jusqu'au bout,
Encore une victoire, & nous reprendrons tout:
Beni soit ce Heros qui finit nos allarmes,
Qui nous a delivré de la fureur des armes,
Qui nous a conservé de si riches moissons,
Qui fait que le Nectar petille en nos flacons,
Quand le Ciel par son bras fit agir sa puissance,
Pour des nouveaux Titans châtier l'insolence,
Eugene sur Soissons s'aprêtoit à venger,
Le refus d'un tribut qu'il vouloit exiger;
Il ignoroit encore cet heureux temeraire,
Nôtre amour pour un Roy qui nous gouverne en Pere;
Nous êtions disposez à recevoir la mort,
Plûtôt que de ceder à son injuste effort,
Pour au cœur de l'Etat ramener l'abondance,
Profitons des moyens d'étendre sa puissance:
Je m'égare, LOUIS, pour ses zelez Sujets,
N'a-t'il pas étouffé de glorieux projets?
Pouvons-nous oublier cette paix salutaire
Qui rompit l'heureux cours de la plus juste Guerre,
Arbitre souverain du succez de nos vœux,
Conserve ce grand ROY qui sçait nous rendre heureux.
Comment te celebrer sçavante Academie *
Où la science est jointe au sublime genie:
Que n'ai-je assés de temps, que n'ai-je assés de feu,
Pour sortir de ma sphere, & m'élever en peu,
Par l'aide d'Apollon vers la Region pure,
Où se polit le stile, où la langue s'épure,
Où l'esprit par l'étude & le raisonnement
S'enrichit & reçoit un nouvel ornement;
Aprés avoir acquis de pareils avantages,
Muses, à vos amis je rendrois mes hommages:
Temeraire transport, inutile desir,
Dans un si haut dessein je ne puis réussir!
Quelle fatalité dans l'ardeur qui m'anime!
J'eusse pris DESMARETZ pour l'objet de ma rime:

* Monseigneur le Duc DE VILLARS, Marefchal de France.

* L'Academie des Sciences.

J'aurois au naturel fait un portrait si beau,
Qu'encore aprés mil ans il eût semblé nouveau:
J'eusse risqué les traits sans craindre la Satyre,
Du digne original que l'Univers admire:
J'eusse representé ce Chef-d'œuvre des Cieux,
Enrichy des vertus des hommes & des Dieux:
De ce hardy pinceau, sans qu'on pût m'en reprendre,
J'eusse fait le Portrait de son illustre Gendre.
Je parle maintenant du fameux DE * BERCY,
Dont le Ciel a voulu faire un homme accomply
Et s'il falloit encor monter sur le Parnasse,
Et suivre pour cela des grands Hommes la trace:
J'ay du courage assez pour me mettre en chemin,
Si je trouvois quelqu'un qui me donna la main.
Des nobles * Trésoriers, & de leur caractere,
La voix publique fait un éloge sincere:
Leur dignité, leurs noms de tous sont réverés,
Ils honnorent la Ville, ils en sont honnorés:
Et joignant la Finance à la Magistrature,
Leur gloire est éclatante, & leur fortune sûre;
Le diray-je? & pourquoy ne le diray-je pas?
L'Auguste* des François, leur doit un *b* Mœcenas.
Les femmes sont icy des Reines de Cithere,
En elles de Lucresse, on voit le caractere:
Eudoxe eut moins d'esprit, Esther moins de bonté,
Sabine moins d'amour & de fidelité:
La Sage Penelope, eut moins de prévoyance,
Sapho moins de talens, d'adresse, de science.
Sous ce Ciel fortuné, il n'est point de jaloux,
l'Epoux est à l'Epouse, & l'Epouse à l'Epoux,
La rupture du nœud d'union conjugale,
Est ici reservée, à la Parque fatale,
L'amour se rend icy le garend de la foy,
Et l'amour & l'himen, n'ont qu'une même loy,
L'on voit dans ces beaux lieux, les vertus celebrées,
Toutes les passions, vives & moderées,
Les Prêtres sans deffaut, les Moines retirez,
Les jeunes gens discrets, les vieillards reverez,
Les riches sans orgueil, les pauvres sans murmure,
Sans fraude l'artisan, le marchand sans usure,

* M. de Bercy, Intendant des Finances.

* Messieurs les Tresoriers de France.

* Le ROY & Monseigneur *b* DESMARETZ.

Les exercices faits avec dexterité,
Le serviteur qui sert, avec fidelité,
L'enfant civilisé, l'écolier sans malice,
Chacun se prevenir, pour se rendre service,
Tous obéïr à Dieu, tous honorer le ROY,
Si j'en ai trop peu dit, SOISSONS, pardonne moy.

FIN.

J'AY lû par ordre de *Monsieur le Lieutenant General de Police un Manuscrit en Vers françois, qui a pour titre:* Extrait de l'Eloge de Soissons par LOUISE-HELEINE DE BAZIN, &c. *dont on peut permettre l'Impression. A Paris, ce* 30. *Mars* 1713.

PASSART.

VU l'Approbation du Sieur Passart. Permis d'imprimer ce 2. Avril 1713.

M.R. DE VOYER D'ARGENSON.

www.ingramcontent.com/pod-product-compliance
Lightning Source LLC
Chambersburg PA
CBHW061425170626
46811CB00005B/2126